한국 희곡 명작선 174

苦痛에 관한 동화적 사유

나는 거위

문정연

평민사

문정현

苦痛에 관한 동화적 사유 나는 거위

1. 겨울이 시작되는 내 생일날로부터 다음해 봄까지의 이야기이다.

2. 나와 거위, 아빠, 엄마, 치료사들이 나온다.

3. 무대는 비균형적이고 비현실적이다. 크기와 높이에서 특히 그러하다.

1장. 생일잔치

멀리서부터 아련히 뭉글거리는 것… 그것은 생일축하노래이다.
생일케이크와 커다란 선물 상자가 있다.
고깔모자를 쓴 내가 들어온다.
나는 앉아서 손가락으로 케이크를 맛보고 선물상자를 가슴에 안는다.

시간이 흐른다. 시계가 똑딱, 똑딱 우는 듯 뜀박질을 하고 있기 때문이다.
시간은 생일축하노래에 맞춰 울며 뛰기 시작한다.

나   아빠는?

엄마는 커다란 빗으로 머리를 빗고 있다. 엄마는 입술을 빨갛게 색칠한다.
엄마의 어둡던 얼굴이 조금 웃는다.
나는 종이로 된 식탁매트에 예쁜 엄마를 그린다.

양복을 입고 무거운 서류더미를 든 아빠가 헉헉대며 달린다.
기다란 넥타이가 펄럭이며 바람을 맞는다.

아빠의 전화기가 자꾸 울린다. 아빠는 달리면서 전화를 받는다.

아빠   감사합니다. 무엇을 도와드릴까요?

나   (엄마에게) 어디… 가?

엄마   (나에게) 엄마는 불행해. 난 행복하고 싶어.

나   나도, 엄마가 행복한 데 찬성이야.

통화를 하던 아빠가 멈춘다. 엄마를 본다.

아빠   (엄마에게) 너, 미쳤어?

나   아빠는? 찬성이야, 반대야?

아빠   내가 얼마나 열심히 살고 있는데! 우리 셋이 어떻게 하면 행복할지 다 생각해 놨다구. 난 꿈이 있어, 계획이 있단 말이야!

엄마   하나도 궁금하지 않아. 모든 게 너무 뻔해. 난 내가 앞으로도 그냥… 이렇게만 살게 될까봐 무서워.

나   (선물상자를 보며, 금기를 깨듯) 이거… 풀어 봐도 돼?

나는 선물상자를 푼다.
며칠 전 스프링피치색 틴트가 들어있는 화장품 세트를 갖고 싶다고 얘기했었다.
거위인형이 나온다. 인형이라니. 나는 기쁜 듯이 인형을 안는다.

엄마 아빠에게 이 정도 서비스는 할 수 있다. 그러나 아빠는 나를 보는 대신 엄마의 코트를, 모자를, 가방을 휘리릭 뺏아 달아난다.

엄마는 모든 것을 다시 빼앗아 입고, 쓰고, 든다. 멀리 떠나는 사람처럼.

엄마와 아빠는 춤을 추는 것 같다.

나는 그들 사이에 끼어 같이 춤춘다.

나는 거위 날개를 움직여 슝—슝— 하늘로 날게 한다.

나는 엄마의 구두를 거위의 발에 신겨 놓았다.

아빠가 엄마의 구두를 보고 나를 멈춰 세운다.

아빠　엄마 구두를 아빠한테 줄래?
나　저기 하늘까지 날아가면 줄게.
아빠　거위는 그렇게 높이 날 수 없어.

아빠는 내가 그 사실을 이미 몇 년 전에 배운 것을 모른다. 언제나 바쁘기 때문이다.

엄마　(나에게 구두를 달라고 손을 내밀며, 아빠에게) 사랑에 빠진 건 죄가 아니야. 아이한테 모든 걸 솔직하게 말하는 게 좋아. 지금은 아니라도 어른이 되면 다 이해할 거야. 그렇지, 우리 딸?

나   (엄마에게 구두를 주며) 응 난 괜찮아, 나랑 같이 영화 보
           는 게 어때?

           엄마는 구두를 신는다.
           엄마는 떠난다.
           아빠는 엄마를 바라본다.
           아무도 나를 보지 않는다. 난 조금 화가 난다.

나   (TV를 켜며) 난 괜찮아, 우리 이거 같이 보자! 이 여자아
           이가 울고 있는 건 뭐 때문일까? 아무도 몰라? 으응?

           아무도 내 말을 듣지 않는다. 나는 화가 난다.

나   나랑 같이 영화 볼 사람!… 없어? 아무도?

           모두들 나에게 등을 돌린 채 다른 곳을 보고 있다.
           나는 아주 화가 났다. 눈물이 고인다.

           나는 나를 바라보는 거위인형의 머리를 바닥에 퍽퍽 내려쳐
           본다.
           나는 거위의 가느다란 목을 손 안에 쥔다.
           그리고 그것을 비틀어 뽑는다.
           거위의 눈이 아직도 깜빡이며 나를 보는데 내 손가락 사이로

붉은 피가 흐른다.

갑자기 모든 느낌이 차가워진다.

나   엄마….

여전히 생일축하노래가 흐르고 있다.

2장. 거위

가까이서 무언가 떠다니는 것… 그것은 아침의 햇살이다.
나는 아직 자고 있다.
나의 팔이 잠을 깬다.
나의 팔이 하품을 하고 기지개를 켠다.

나의 팔은 거위가 되었다.

거위는 신기한 듯 햇살을 바라본다.
거위는 잠자고 있는 한 아이를 발견한다.
쪼아 보고, 쓰다듬어 본다.
그 아이는 다름 아닌 나이다.

기러기떼가 그림자를 드리우며 하늘을 가로지른다.

기러기들은 브이자로 난다.

거위는 아련하고 그리운 눈빛으로 그 새들을 바라본다.

기러기들을 따라 날아오르려는 거위. 그러나 날 수 없다.

거위는 아이의 몸에 붙어있기 때문이다.

거위는 그 새들이 하늘 속으로 영영 사라질 때까지 바라본다.

나   낯선 냄새가 난다고 생각했어. (냄새를 맡는다) 그건
        좀… 말랑말랑한 우윳빛이야.

        나는 잠을 깬다.
        하품을 하고 기지개를 켠다.
        거위는 나를 계속 보고 있다.

나   그리고 좀 있다가 누군가 날 지켜본다는 느낌이 들
        기 시작했지.

        나는 거위를 본다. 거위와 눈이 마주친다.

나   아악!

        나는 정신없이 구석으로 가서 숨는다. 벌벌 떠는 나.
        잠시…
        나는 그게 사라졌길 바라며 주변을 돌아본다.

그때, 나는 나와 똑같은 표정으로 주변을 돌아보는 거위와 다시 마주친다.

나   아악!

나는 거위를 쫓아버리고 싶다.
그렇지만 믿을 수 없게도 거위는 내 팔에 붙어있다.
팔을 흔들고 다른 팔로 떼 보려고 방방 뛰고 내 맘대로 움직여보려고 애쓴다.
그러나 거위는 떨어지지 않는다.
나는 너무 무섭다. 이불 속으로 들어가 운다.
이불 속에서 삐죽 고개를 내미는 거위.
거위는 내 머리를 쓰다듬는다.
나는 눈물이 그렁한 눈으로 거위를 본다.

아빠   우리 딸, 학교 가야지?

아빠는 넥타이에 앞치마를 하고 한손에 서류를 한손엔 국자를 들고 힘겹게 서 있다.
애써 웃음을 짓는 아빠의 얼굴은 지쳐있다.
거위가 아빠를 본다.
서류와 국자를 떨어뜨리는 아빠!

거위   꽥! 꽥! 꽥!

아빠는 한 발 한 발 조심스럽게… 나에게 가까이 다가온다.
아빠는 내 이마를 짚어보고 내 몸을 검사한다.
그때, 꽥! 꽥! 아빠에게 소리치는 거위.
아빠는 엉덩방아를 찧는다.
아빠는 한참 어리둥절하다.

아빠   네 팔이 왜 이래?
나   (모르겠다며 고개를 젓는다)
아빠   … 너네반 애들도 이러니?
나   (신경질적으로 고개를 젓는다)
아빠   … 아픈 거야?
나   몰라, 엄마한테 물어봐!

거위는 으르릉거리며 아빠에게 이빨을 보인다.
나는 아픈 사람처럼 비명을 지른다. '아야아!'
아빠, 어디론가 급히 전화를 건다.

아빠   거, 거기, 병원이죠?

삐용— 삐용— 빨간불을 단 앰블런스가 파도치듯 달려온다.
나와 거위는 빨간 불빛과 사이렌 소리가 요동치는 해일 속에서 춤을 춘다.

아빠가 저 뒤에서 자꾸 나를 따라 춤을 추고 있다.

아빠   (고함지르듯) 뭐라구요?! 뭐라구요?! 뭐라구요?!

빨간 해일이 멀리 사라지고 고요해지면,

갑자기 아빠가 보인다.

아빠는 바닥에 주저앉아 눈물을 흘린다.

아빠   우리 아이가 몹쓸 병에 걸렸다구요? 내년 봄… 봄까
지밖에 살 수 없어요?

3장. 치료

스며드는 숨소리… 들이쉬고 내쉰다. 들이쉬고 내쉰다.

모든 것이 하얀 곳. 병원의 네모 반듯한 기계가 내 숨소리를

흉내 내듯 숨을 쉰다.

삐이―

삐이―

삐이―

나는 눈을 깜빡깜빡 뜬다.

거위가 빨대로 무언가를 짭짭거리며 먹고 있다. 트림을 꺼억―

하는 거위.
거위는 머리에 내 머리핀을 꽂고 있다.

나   (머리핀을 뺏으며) 내 꺼야!

나는 머리핀을 머리에 꽂는다. 거위는 내가 머리핀 꽂는 걸 도
와준다.
나는 거위를 싹 무시하며 아이패드를 꺼내 펼친다. 거위가 아
이패드를 들여다본다.

나   저리 가!

거위는 샐쭉하더니 내 아이패드에 무언가 그린다.

나   (뺏으며) 내 꺼야!

나는 아이패드를 뺏어 와 그림을 그린다.
거위는 내 기울어진 아이패드를 똑바로 잡아준다.

나   목말라….

거위는 자기가 빨던 빨대를 내게 준다.

나　　　튀튀… 니가 빨던 거잖아!

거위는 뭐가 우스운지 웃는다. 내 입에 빨대를 푹 꽂아주는
거위.
나는 너무 목이 말라서 빨대를 쭉쭉 빨아먹는다.
기다란 빨대를 통해 무지개색깔 주스가 들어온다.
빨대의 끝, 천장 높은 곳에는 무지개색깔 주스가 끓어오르는
링거병이 있다.

갑자기 열 맞춘 발자국 소리를 내며 들어오는 간호사와 의사.
삐- 삐- 소리가 요란해진다.
간호사와 의사는 소리에 맞추어 나를 이리저리 괴롭힌다.
간호사와 의사는 잘 훈련된 배드민턴 복식조처럼 나와 거위를
쫓아다닌다.

나와 거위는 퀴디치를 하는 해리포터처럼 그들과 맞서 싸운다.
때로는 요리조리 피해 다닌다. 하지만,
결국 그들은 나의…
엉덩이에 뾰족한 주사를 놓고
번쩍번쩍 해골 모양이 드러나는 엑스레이를 찍고
구우우웅- 소리가 나는 MRI 통에 나를 넣고 돌린다.

나는 그럴 때면 온 몸을 훑고 지나가는 '외로움'을 느낀다.

깃털을 꼿꼿이 세운 외로움은
내 몸을 채우고 내 병실을 채우고 세상을 채우며 날갯짓을
한다.

그렇지만 나는 이제 책을 같이 읽는 친구가 있다.
거위는 책장을 넘겨준다. 우리는 나란히 책을 읽으며 같이 웃
고 같이 운다.
나는 거위를 안는다.

나   네가 좋아.

나쁜 예감으로 가득 찬, 최고로 행복한 오후이다.

4장. 아빠

탁, 탁, 탁… 퍼덕, 퍼덕, 퍼덕… 삐죽거리는 소음들.
빨래를 걷을 때 나는 소리이다.
넥타이를 길게 늘어뜨린 아빠는 빨래를 개고 있다.
소매 끝을 아무렇게나 접어올린 아빠의 와이셔츠는 후줄근
하다.

나는 뒹굴거리며 거위의 입술에 빨간색 틴트를 색칠해주고

있다.

나는 아빠가 들으라는 듯 거위에게 얘기한다.

나   엄마는 사랑에 빠졌어. 나한테 그걸 고백했지. 난 사랑에 빠지는 건 좋은 일이라고 생각해.

아빠는 빨래 개는 걸 잊은 것 같다.

나는 벌떡 일어나서 휘휘 비행기처럼 달린다.

엄마가 사준 화장품들이 흩어지고 바닥에 깃털이 떨어진다.

나   (달려지나가며) 회사 안 가?

아빠   응… 우리 공주님이랑 같이 있을 거야.

나   (달려 나오며) 귀찮아.

아빠   내가?

나   (달려 들어가며) 공주님이란 말도 하지 마, (나오며) 닭살 돋아.

아빠   너 그렇게 버릇없이 굴면 엄마한테 오지 말라고 한다!

나   (가르치듯) 엄마는 안 와.

아빠   … 니가 그걸 어떻게 알아?

나   아빠도 하고 싶은 걸 마음껏 할 땐 집에 안 왔어.

아빠는 흩어진 내 화장품들과 책들과 아이패드를 정리한다.

아빠   이게 뭐야… 쓰고 나면 잘 치워야지, 어휴… 지 엄마
랑 똑같아.

갑자기, 속이 미슥거린다. 또 시작이다.
나는 변기에 얼굴을 박고 엉덩이는 높이 쳐들고 우웩-우웩-
토하는 놀이를 한다.
내 엉덩이는 우엑-할 때마다 바보같이 춤을 춘다.
거위가 등을 두드려준다.
아빠는 내가 이럴 때면 나를 무서워한다.
얼굴이 하얘져서 주변을 돌며 쩔쩔매고 있다.

아빠   많이 아파? 괜찮아? 많이 아픈 거지? 괜찮은 거야?
많이 아프구나?….

나는 토하는 놀이가 힘들어 죽겠는데, 아빠가 옆에서 자꾸 떠
드니까 화가 난다.

나   아파! 냄새나! 싫어! 그만해! 어지러워!
아빠   많이 아파? 괜찮아? 많이 아픈 거지? 괜찮은 거야?
많이 아프구나? …

구토놀이를 하고 나면 눈에 눈물방울이 붙어있다.
거위는 눈물방울을 핥아준다.

아빠는 나를 낯설게 보고 있다.

나   아빠는 내가 무섭지?

아빠   (거위를 가리키며) 난 그게 무서워… 끔찍해!

나   얘는 내 친구야, 그러니까 아빠도 얘를 좋아해야 돼.

아빠   … 왜 하필이면 너한테… 너 같은 아이가 뭘 잘못했
        다고.

나   (갑자기 화를 낸다) 내 친구야! 그러니까 아빠도 잘해
        줘! 나한테 꼭 붙어 있으니까 어디 가지도 않잖아!

아빠   그래 그래.

        아빠, 두렵고 안타까운 시선으로 나와 거위를 본다.
        거위는 알 수 없는 희미한 울음소리를 내며 아빠를 본다.

나   내가 이렇게 화를 내야 알겠어, 내가 화났다는 걸…?

        아빠, 끔찍한 마음을 누르고 손을 들어… 거위의 머리를 쓰다
        듬는다.
        아빠의 손이 거위의 머리에 닿는 순간, 나는 왠지 눈물이 날
        것 같다.

아빠   (거위에게) 안녕…? 넌 이름이 뭐니…?

나는 아빠에게서 거위를 확 채어 온다.

나   이름 같은 거 없어! (거위 안으며) 나는 아빠 같은 거보다 네가 훨씬 좋아.

5장. 기러기

희미하게 퍼득이는 소리⋯ 가까이 날아온다.
귓가를 다정하게 만져주는 그 소리는
오래 기다려온 여행을 시작할 때의 냄새를 싣고 있다.
눈앞을 어지럽히며 휙휙- 머리 위를 달리는 그림자. 기러기들이다.

나와 거위는 브이자 모양을 그리며 유유히 날아가는 기러기들을 본다.

나   기러기들이야.
거위   ⋯ 나도 언젠가는 기러기였다는 거 알아?

나는 거위를 애매하게 본다.
거위는 저 끝 하늘까지 기러기들을 바라본다.
나도 저 끝 하늘까지, 기러기들을 바라본다.

나	어디로 가는 거지?
거위	저 하늘 다음에 있는 하늘.
나	너도 가 봤어?
거위	우리는 누구나 그곳에 가본 적이 있어.
나	나도?
거위	너무 행복할 때 그 기분이 가슴을 타고 목으로 올라오는 적이 있잖아, 그래서 침을 넘기는 것도 힘들고.

나는 잘 모르겠다.
그래서 침을 삼켜본다.

거위	우리가 모두 그 곳에 가본 적이 있다는 증거야

나는 침을 잘 넘길 수가 없다.
나는 내 머리를 거위한테 대고 부비적거린다. 기분이 좋다.

거위	나도 봄이 되면 떠날 거야
나	뭐?
거위	저 기러기들을 따라… 저 하늘 다음에 있는 하늘 말이야, 거기루.

나는 갑자기 무서운 생각이 든다.

나	싫어!
거위	….
나	아무 데도 가지 마.
거위	니가 원하지 않으면 아무 데도 안 가.
나	원하지 않아! 니가 떠나는 건 제일제일제일 싫어!
거위	… 왜?
나	한 사람은 같이 있고 싶은데 다른 사람이 같이 있기 싫어서 마음대로 떠나는 건… 나쁜 일이야!
거위	그걸 어떻게 알아?
나	예전에 그런 적이 있으니까!

거위는 나를 낯설게 바라본다.

거위	예전에 그런 적이 있다는 걸 어떻게 알아?
나	기억하고 있으니까… 난 다 기억해!
거위	그럼 나도 기억할래. 봄이 되면 나도 저 기러기들 사이에 섞여 떠날 거라는 걸 기억해.
나	바보, 이미 일어난 일만 기억할 수 있는 거야.
거위	이미 일어난 일인 걸 어떻게 아는데?
나	기억하고 있으니까 아는 거지.
거위	그러니까! 기억하는 일은 이미 일어난 일이잖아. 음… 이제 기억이 더 선명해졌어… 난 떠나고 넌….
나	….

거위   넌 머리 위에 활짝 핀 꽃을 이고 학교에 가. 넌 웃고
              친구들이랑 얘기하고… 그리고 지금보다 키도 더
              커. 그리고 지금보다 더 많이 웃어. 그리고 그때 난
              니 옆에 없어 난 다 기억해.

              나는 거위의 말을 이해할 수 없다.
              그렇지만 그 말이 내 마음을 자꾸 아프게 한다.
              그래서 나는 울음을 터뜨린다.

나   난 머리에 꽃 같은 거 이고 학교 안 가! 우왕-!

              거위는 우는 나를 한참 바라보기만 한다.
              나는 거위더러 보라고 더 크게 운다.
              거위는 어이없게도 자기 털을 다듬는다.
              화가 난 나는 거위의 목을 쥐고 흔든다.

나   내가 울면 날 달래줘야지!

              거위는 목이 막혀 켁켁거리고 기침을 몇 번 하더니 목을 축 늘
              어뜨린 채 죽은 척 한다.
              나는 미안하지만 표현하지 않겠다고 결심한다.

거위   울고 싶을 땐 울면 돼, 웃고 싶을 땐 웃으면 되지…

두 마음은 똑같아. 그러니까 어느 한 쪽을 달래줄 필요는 없는 거야.

나 난 네가 좋아.

거위 그리고 좋아하는 마음도 똑같아… 좋으면 그냥 좋아하면 돼.

나 그러니까 날 떠나지 마.

거위 그래, 니가 그걸 원할 때, 그때 떠날게

나는 거위의 약속을 들어도 불안하다.

나는 좋은 생각을 해낸다.

긴 붕대가 있다. 붕대를 휙 풀면 길고 하얀 길이 생긴다.

나는 붕대를 끌어다가 거위를 감는다.

나는 거위를 내 몸에 묶는다. 확실히 묶는다.

거위 아야!

나 아파?

거위 조금.

나 이렇게 하면 절대로 헤어지지 않을 거야.

거위 … 결국은 누구나 다 떠나는 거야

나 왜 자꾸 그런 말을 해! 우린 계속 함께 있을 건데!

거위 하지만 한번 만난 사람들은 결코 완전히 이별하지 않아. 우린 그걸 배우기 위해서 누군가를 끊임없이 만나는 거야

나는 거위의 말을 듣지 않는다.

나는 줄을 더욱 팽팽히 당겨 묶는다. 나는 그래도 불안하다.

나는 줄을 침대에, 내 커다란 침대에도 꽁꽁 묶어둔다.

거위   그러니까 내가 옆에 있는 동안은 그냥 날 좋아해. 그
게 우리한테 일어나는 유일한 일이야. 이미 일어난
일이고, 지금 일어나는 일이고, 앞으로 일어날 일이
야, 그 뿐이야

숨 쉬기가 어렵다. 열이 나는 것도 같고….

6장. 싸움

귀를 기울이면 비밀스럽게 달뜬 숨소리를 들을 수 있다.

뜨거운 숨, 타오르는 심장, 입술엔 마른꽃이 핀다.

나는 아프다.

나는 잔인무도한 기계의 경고음과

날카로운 도구들이 힘을 겨루는 소리들과

감당할 수 없이 고동치는 내 심장소리 사이에서 엎치락뒤치락

당하기만 한다.

내 입김은 아주 무서운 냄새를 풍기고 있다.

내 기분을 아는지 모르는지… 거위는 부드러운 춤을 춘다.

아빠는 나와 거위를 따라다닌다.
겁에 질린 아빠의 표정과 똑같은 질문이 지겹다.

아빠 많이 아파? 괜찮아? 많이 아픈 거지? 괜찮은 거야?
많이 아프구나?….

그래서 나는 그만, 거위처럼 나도 춤을 추면 어떨까 생각한다.
그렇게 생각하니 기분이 좋다.
나는 거위를 따라 춤을 추기 시작한다.

아빠는 너무나 절실하고 우스꽝스런 몸짓으로 우릴 잡으려고
자꾸만 쫓아오더니
마침내 거위를 붙잡아 꽉 짓누른다.
거위는 켁켁거린다.
거위와 나는 아빠에게서 벗어나려고 발버둥 친다.

거위는 무척 화가 났는지 아빠에게 으릉거리다 휙 다가가서
아빠를 꽉 물어버린다.
내가 거위를 붙잡지 않았으면 아빠는 정말 크게 다쳤을 것
이다.
나는 아빠를 싫어하지만 아빠가 아프길 원하지는 않는다.
그러나 거위는 너무 화가 나서 내 마음을 모르는 것 같다.

어느새, 아빠와 거위는 보는 사람이 무섭도록 어마어마한 싸움을 벌인다.

아빠 제발! 제발 사라져! 모든 게 너 때문이야, 우리 딸은 너 때문에 아픈 거야!

아빠가 싸움을 이렇게 잘하는지 나는 몰랐다.
아빠는 거위를 제압한다.
거위는 하악거리며 몸부림을 치지만 너무 지쳤다.
아빠는 거위를 내 몸에서 뽑아내려는지 거위를 억지로 잡아당긴다.
그럴 때마다 거위는 믿을 수 없이 크고 이상한 소리를 낸다.
그래서 나도 아프다.

나 아악! 그만해, 아빠! 이러면 나도 아파… 나도 아파….

아빠는 슬픈 얼굴로 거위를 놓아준다.
아빠는 땀에 젖은 나의 이마를 쓰다듬는다. 예전에 엄마가 그랬던 것처럼.

아빠 제발… 정신차려… 이건 니 친구가 아니야. 널 이렇게 아프게 하잖아!

거위는 겁에 질렸는지 벌벌벌 떨면서 나의 품에 파고든다.

나　　　날 아프게 해도 어쩔 수 없어, 내가 좋아하니까.

아빠는 내 말에 실망했는지 자기 머리를 감싼다. 그리고는….

아빠　　그럼 아빠도 어쩔 수 없어. 의사 선생님한테 말해서
　　　이걸 없애버려야겠어!
나　　　내 친구를 죽이겠다는 말이야?

아빠는 무서운 얼굴로 나가버린다. 나는 와락 겁이 나서 아빠
를 애타게 부른다.

나　　　아빠! 아빠! 아빠….

어느새 거위는 나를 물끄러미 보고 있다.

7장. 탈출

나는 아무에게도 들키지 않게 꼼지락거린다.
몰래 가방을 싸고 외출복을 입고 모자를 쓰고 신발을 신는다.
살짝, 위험한 순간도 있지만 사람들은 각자의 일 때문에 바쁘

니까 나를 보지 못한다.

나는 마지막으로 가방 속에 엄마사진을 넣으며 '엄마'라고 말
해본다. 낯설게.

거위 니가 지금 뭘 하는지 알아?

나 (키득거리며) 탈출! 난 아빠가 널 절대 못 죽이게 할
거야!

거위 … 원한다면.

나 (떠보듯) 우린 기러기를 따라 갈 거야!

거위 기러기를…?

나 응!

거위 정말 그러기로 결정한 거야?

나 응!

거위 무언가를 진심으로 결정하는 게 얼마나 큰 힘을 갖
고 있는지 알아?

나 (단호히) 난 기러기들을 따라 하늘 다음에 있는 하늘
로 갈 거야!

거위는 나를 본다.

나는 나의 천진한 얼굴이 무섭게 보인다는 걸 알지 못한다.

어느새 거위는 아련한 눈으로 하늘을 보고 있다.

나 (거위를 안으며) 그 곳에 가면 아무도 널 죽이려고 하지

않을 거야.

거위   (알 수 없는 표정으로) 너랑 같이 가지 않는 것도 멋질 거라고 생각했는데.

나   (약간 골이 나서) 니가 날 떠나는 것보다 싫은 일은 없어!

아빠   (병실로 들어오며) 우리 딸, 밥 먹어야지!… 우리 딸…! 어딨니…? 우리 딸!

나는 몸을 숙이고 숨어 있다.

거위   대답 안 해?

나   아빠는 벌을 받아야 돼! 이건 아무도 대답하지 않는 벌이야.

거위   ….

나는 거위의 빼꼼 올린 머리를 손으로 누른다.
아빠는 나를 보지 못하고 나간다.

나   가자!

거위   잠깐!

나   왜…?

거위   진심으로 인사를 할 수 있어? 이곳에 있는 모든 것들과?

나	…?
거위	우린 아주 먼 곳으로 갈 거야. 어쩌면 다시 돌아오지 못 할지도 몰라.
나	다시 돌아오지 못해?
거위	응. 마치 처음부터 이곳에 온 적이 없는 것처럼.

나는 잠깐 생각에 잠긴다.
나는 다시는 돌아오지 못하는 것에 대해 생각해 본다.
나는 마치 처음부터 이 곳에 온 적이 없는 나를 생각해 본다.
나는 가방을 열고 물건들을 모두 꺼내놓는다. 내가 처음부터 이곳에 온 적이 없다면
이 물건들도 내 가방에 있을 이유가 없다.

나	이 방한테도, 내 물건들한테도 안녕이라고 인사를 할래! (하나하나의 물건들에게) 안녕 안녕 안녕 안녕… (엄마사진에게 덤덤하게) 안녕… (세상 모든 것들에게 큰소리로) 안녕!
거위	너… 정말로 떠날 준비가 됐구나.

나는 기분이 좋아서 웃는다. 소리를 막 내서
머리 위로 기러기들이 난다.
거위는 기러기들을 본다. 나도 기러기들을 본다.

거위 날고 싶어!

나 가자!

나와 거위는 하늘 속으로 날아오른다.

하늘로 점점 가까이 다가가자 흥겨운 음악소리가 아름다운 리듬을 타고 가까워진다.

그것은 세상에 아무런 경계가 없던, 옛날옛적의 원초적인 어떤 것이다.

기러기들은 웃으며 우리 곁을 날고 있다.

나와 거위는 기러기들을 따라 더 먼 하늘로, 마침내 우주라는 곳으로 나아간다.

모든 것들이 우리를 환영한다.

우리는 기쁨에 넘치는 모든 것들과 함께 흥겨운 음악소리에 맞춰 춤을 춘다.

춤을 춘다.

음악 사이에 익숙한 음성이 애를 태운다.

아빠 우리 딸…! 안 돼! 정신 차려, 가지 마 우리 딸!

나는 춤을 추면서 아빠의 목소리를 듣는다.

어느새 음악은 사라지고 아빠의 목소리만이 울렁거린다.

나는 뒤돌아 두리번거린다.

앞선 기러기들은 점점 더 멀어지고 있다.

나는 자꾸 뒤돌아본다. 나는 이상하게 아빠가 걱정스럽다.

갑자기 거위의 날갯짓이 힘들어진다.

파닥거리기만 하는 우리는 제자리에서 맴돈다.

무언가 잘못되었다.

거위   날 수가 없어… 가고 싶어! 나도 같이 가고 싶은데!

나   무슨 일이야?

거위   나는 더 이상 날아갈 수 없어.

나   어어?

나도 마찬가지다. 나는 내 몸이 무거워지고 있음을 느낀다.

거위, 나 무거워… 너무 무거워.

허우적거리는 우리는 기러기들을 쫓아갈 수 없다.

우리는 우리를 붙잡고 있는, 쇳덩이처럼 무거운 그것을 느낀다.

우리는 내 발끝에 감겨 아득한 아래와 이어진 붕대를 발견한다.

그것은 나와 거위가 절대 떨어질 수 없도록 내가 거위를 묶을 때 사용한 것이다.

그런데 그 하얀 줄이 우리가 떠나온 그곳에서 우리를 팽팽하게 잡아당기고 있다.
순간, 우리는 균형을 잃는다.

'아악ㅡ!' 나와 거위는 추락한다. 아래로… 아래로…
우리는 끝없이 소리를 지른다.

8장. 선택

곧 무슨 일이 벌어질 것만 같은 고요로 가득 찬 곳…
병실이다.
날개가 파닥거리는 소리가 웅성거린다. 숨가쁜… 절실한… 날개소리…
지친 우리는 병실 바닥에 있다.

사람들이 몰려온다.
커다랗고 하얀 불빛의 집요한 시선이 우리를 찾는다.
그리고 아빠의 울음소리도 우리를 쫓는다.
어두운 구석에 필사적으로 숨은 나와 거위.
쫓아오던 발자국들이 우리를 스쳐 멀어진다.
다행이다, 잡히면 사람들이 우리를 침대에 묶으려 할 것이다.

그러나 나는

이미 침대 한쪽에 꽁꽁 묶여있는 붕대를 본다.

그것은 나의 몸을 꽉 붙잡고 있고 그래서 우리를 이곳으로 다시 데려왔다.

저녁의 태양이 창을 붉게 물들인다.

나는 이렇게 힘든데 세상은 아랑곳없이 아름답기만 하다.

그래서 나는 혼자 울음을 터뜨린다.

나	(붕대를 보며) 내가 아니야, 내가 묶은 게 아니야.
거위	괜찮아, 니가 묶은 것이 맞지만.
나	절대 아니야! 그랬다면 말도 안 돼! 이해할 수가 없는 일이야!
거위	원래 모든 걸 이해할 수는 없어, 그게 자신이 한 일이라 해도.
나	….
거위	넌 네가 머물기로 선택한 곳에 돌아왔을 뿐이야.
나	아니야! 난 너랑 같이 떠나고 싶었어!

거위는 나를 보며 웃는다. 거위는 내 머리를 토닥인다.

거위	(속삭이듯) 거짓말.

나도 나를 잘 모르겠다.

거위는 틀린 말을 한 적이 없기 때문에 내가 정말 거짓말을 한 걸지도 모른다.

나   목이 아파.

거위   진심으로 돌아본 적이 있으니까… 우리가 떠난 것 들을

나는 솔직한 말을 해야겠다고 생각한다.

나   난 니가 떠날까봐 무서워죽겠어.

거위   그래.

나는 좀 더 솔직한 말을 해야겠다고 생각한다.

나   사랑에 빠지는 건 나쁜 게 아니야.

거위   … 그래?

나   그런데 나는 너무 화가 나.

거위   그래.

나   그치만 내가 화를 낸다고 해서, 내가 나쁜 사람인 건 아니야!

거위   그럼!

나   … 그러면 계속 화가 난 채로 있어도 되는 거야…?

거위	글쎄….
나	… 그러면 안 될 것 같아.
거위	원래 화라는 건 바람둥이 같아서 이 사람 저 사람 만나는 걸 좋아해. 완전 제멋대로지.
나	힛… 우리 엄마처럼?

나와 거위는 내 말이 우스워서 그냥 웃는다.
나는 나와 거위를 묶은 끈이 이미 풀려있는 걸 본다.

나	왜 날 떠나지 않았어?

거위는 내 볼을 쓰다듬는다. 그래서 나는 내가 눈물을 흘린다
는 걸 알게 된다.
나는 마음이 아프지만, 이상하게 화가 나진 않는다.
커다랗고 하얀 불빛의 집요한 시선이 다시 우리를 찾고 있다.

나	이제 날 떠날 거지?
거위	너도 날 떠날 거잖아.

어디선가 그 우주 속에서 들려오던 흥겨운 음악이 삐져나오는
것 같다.
그리고 그 춤이 다시 시작되는 것 같다.
하지만 지금 우리는 둘뿐이다.

나는 내 몸에 감긴 붕대를 푼다.

너무 꽉 묶어서 풀기가 힘들다.

거위가 함께 붕대를 푼다.

붕대가 풀려 깃발들처럼 펄럭거린다.

붕대를 풀어버리자 나는 저 깊은 곳에 갇혀있던 숨이 올라와 세상에 터져나가는 걸 느낀다.

시원하다. 정말 살 것 같다.

멀리서 웽웽거리던 음악이, 춤이 우리에게 물밀듯 밀려와 우리를 감싼다.

거위는 날개를 펼친다.

후드득 후드득 거위의 날갯짓이 내 얼굴을 스친다.

거위는 날아오르기 전에 나를 본다.

나　　나 혼자 책을 읽을 수 있을까?

거위　뭐?

나　　(큰소리로) 나 혼자 책을 읽을 수 있을까!

거위　글쎄… 닥쳐보기 전엔 모르는 일이지.

휘리릭– 휘리리릭– 파르륵– 파르르륵–

거위가 하늘 속을 박차고 오른다.

나는 저 끝까지 하늘 끝까지 멀리 바라본다.

나는 손을 흔들지 않는다.

대신 눈을 감고 내 심장소리를 만져본다.

9장. 꽃

멀리서부터 아련히 뭉글거리는 것…
그것은 퇴원을 축하하는 노래와 박수소리이다.
단촐하게 싼 가방. 작은 선물 상자.
그 옆에 내가 있다.
나는 선물 상자를 연다.
꽃모양의 머리핀이다.
나는 머리에 핀을 꽂으려 한다.
그러나 나에게는 한 팔이 없기 때문에 그건 매우 어려운 일
이다.

아빠가 급히 다가와 내 머리에 핀을 꽂아준다.
아빠는 괜히 울컥한다.

아빠 니가 이렇게 건강해진 건 기적이래.

나는 나의 한쪽 손으로 아빠의 와이셔츠 소매를 예쁘게 정리
해준다.
아빠는 울음을 참는 것 같은 바보 같은 표정을 짓는다.

나　아빠, 내 한쪽 팔은 기러기들을 따라 좋은 곳으로 갔으니까 걱정하지 마.

아빠　의사 선생님이, 어른이 되면 다시 팔이 자랄 수도 있대.

나　왜? 내가 이상해보여?

아빠　아니, 우리 딸! 너무너무 예쁘다. 지금은 꼭-

나　꼭-?

아빠　머리 위에 꽃이 활짝 핀 것 같아.

나는 웃는다. 머리 위엔 아름다운 꽃들이 피어나고 있다.

나는 눈을 감고 시간이 지나는 걸 느낀다.
내 팔이 점점 자란다.
팔 끝엔 손이 자란다.
손 끝엔 손가락이 자란다.

나　내 팔이 자라는 동안 우리들도 자라고 우주도 자란다는 것을 나는 느낀다.

나는 내 팔을 본다.
그것은 거위가 아니라 나의 팔이다.

한국 희곡 명작선 174
苦痛에 관한 동화적 사유

나는 거위

초판 1쇄 인쇄일   2024년 10월 16일
초판 1쇄 발행일   2024년 10월 25일

지 은 이   문정연
만 든 이   이정옥
만 든 곳   평민사
　　　　　서울시 은평구 수색로 340 〈202호〉
　　　　　전화 : 02) 375-8571 / 팩스 : 02) 375-8573
　　　　　http://blog.naver.com/pyung1976
　　　　　이메일   pyung1976@naver.com
등록번호   25100-2015-000102호
ISBN   978-89-7115-859-3 04800
　　　　　978-89-7115-663-6 (set)
정   가   7,000원

이 책은 사단법인 한국극작가협회가 한국문화예술위원회의
2024년 제7차 대한민국 극작엑스포 지원금을 받아 출간하였습니다.